# La fête de la tomate

ISBN 978-2-211-21510-7

© 2014, l'école des loisirs, Paris, pour la présente édition
dans la collection « Kilimax »
© 2012, l'école des loisirs, Paris
Loi numéro 49 956 du 16 juillet 1949 sur les publications
destinées à la jeunesse : octobre 2012
Dépôt légal : mai 2014
Imprimé en France par Pollina à Luçon - L67710

Édition spéciale non commercialisée en librairie

Satomi Ichikawa

# La fête de la tomate

l'école des loisirs

11, rue de Sèvres, Paris 6e

« Dépêche-toi, Hana », dit son père à l'entrée du supermarché,
« nous avons beaucoup de courses à faire. »
« Papa, c'est quoi cette petite plante ? »
« C'est un plant de tomates. »
« Mmmmh ! On peut l'acheter, s'il te plaît ? »

« Ça ne poussera pas, Hana, c'est de l'argent perdu… »
« Mais je voudrais essayer ! Regarde, elle est à moitié prix ! »
« Bon, d'accord », dit Papa.

À la maison, Hana met la plante
dans un pot plus grand.
« Comme ça, tu pourras
te dégourdir les jambes ! » lui dit-elle.
Puis elle lui donne beaucoup d'eau.

La plante grandit.
Hana aime beaucoup s'occuper
des fleurs et des plantes.
C'est peut-être parce que
son prénom veut dire « fleur »,
en japonais.

Un matin, catastrophe, Hana s'aperçoit qu'il y a de petits trous dans les feuilles.
« Qui ose manger ma plante ? » s'écrie-t-elle.
En cherchant bien, elle découvre de toutes petites chenilles vertes,
en train de se régaler. Elle les enlève soigneusement. « Allez-vous-en ailleurs !
Et n'essayez pas de revenir, sinon ça ira mal pour vous, compris ? »

L'été est arrivé, Hana est en train de préparer sa valise.
« Maman, j'emmène ma plante chez Grand-mère. »

« Oh, Hana, laisse-la ici. Les plantes n'aiment pas voyager, tu sais. »
« Alors je la prendrai sur mes genoux. Je ferai très attention à elle. »

« Enfin, Hana, il y a tellement de plantes dans le jardin de ta grand-mère ! »
« Oui, mais celle-là, c'est la mienne. »

Grand-mère propose tout de suite à Hana d'installer sa plante dans le potager.
« Regarde, on va la mettre à côté de mes tomates. Elle sera bien contente d'avoir des copines. »

« Dis, Grand-mère, pourquoi ma plante est beaucoup plus petite que les tiennes ? »
« Ne t'inquiète pas, elle va vite grandir maintenant qu'elle est en pleine terre. Mais elle sera toujours plus petite et plus fine que les autres, parce que c'est une variété de tomates cerises. »
« Des tomates cerises ? Miam miam ! »

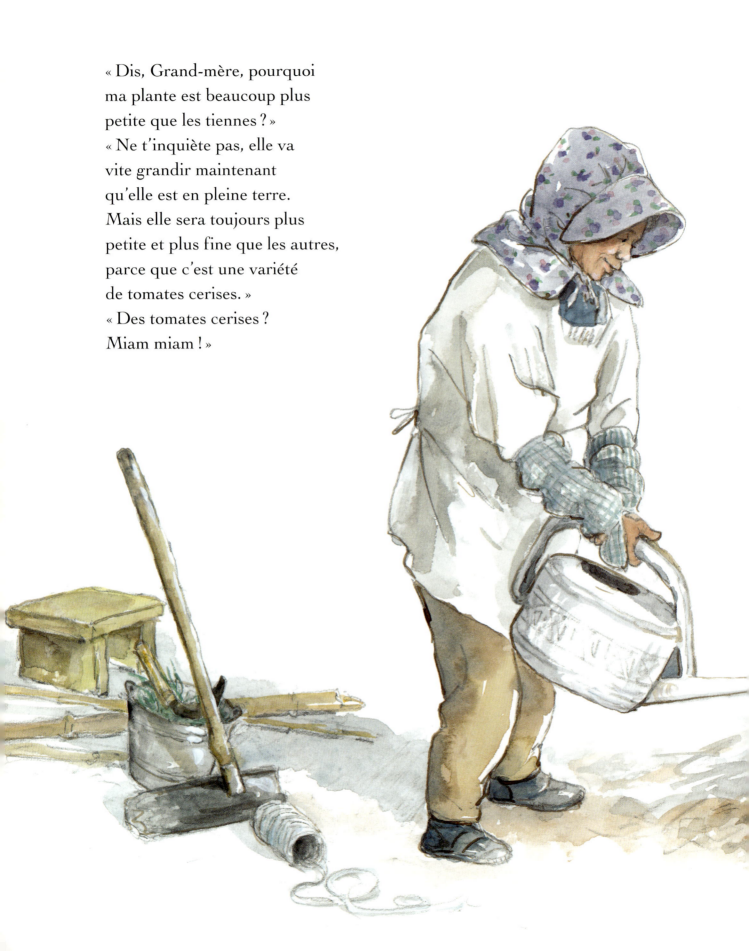

La plante d'Hana pousse beaucoup plus vite qu'à la maison.
Au bout de quelques jours, des fleurs jaunes apparaissent.
Peu à peu, elles deviennent de petites tomates toutes vertes.
« Encore un peu de patience et tu pourras en manger »,
dit Grand-mère.

Un soir, Hana rentre du jardin très inquiète.
« Grand-mère, il y a des rafales terribles dehors, on dirait que le vent souffle de tous les côtés à la fois. »
« Hélas, ma chérie, c'est un typhon qui approche. La météo dit qu'il sera là cette nuit. Il faut vite planter des piquets pour attacher les plantes. »

Hana n'a jamais vu un vent pareil.
Il lui semble qu'elle va s'envoler !

La nuit venue, pas moyen de fermer l'œil. Le vent hurle sous la porte et la pluie fait des roulements de tambour sur le toit.
« Grand-mère, j'ai peur que le typhon n'emporte la maison, et nous avec ! »
« Ne t'inquiète pas, cette maison a déjà vu des typhons, et elle ne s'est jamais envolée. Essaie de dormir. »

« Est-ce que tu crois que les tomates ont peur, elles aussi ? »
« Elles passent une mauvaise nuit, c'est sûr », dit Grand-mère,
« mais elles sont bien attachées. Elles résisteront. »
Un peu rassurée, Hana finit par s'endormir.

Le lendemain matin,
le typhon est déjà reparti
et il n'y a plus un seul nuage.
Hana file voir les tomates.
Elles ont été un peu secouées,
mais elles vont bien.
« Avec toute la pluie
qu'elles ont reçue
et ce beau soleil,
elles vont mûrir vite,
maintenant »,
dit Grand-mère.
« Dans deux jours
tu pourras les goûter ! »

Grand-mère avait raison, et le grand jour est arrivé.
Hana cueille délicatement la première tomate.
Elle est bien rouge et toute chaude de soleil.
Hana croque dedans.
« Mmmmm, Grand-mère, qu'est-ce qu'elle est bonne !
Elle a vraiment le goût de tomate ! »

Papa et Maman vont arriver bientôt,
et Hana veut leur faire une surprise.
« Je vais les inviter dans mon restaurant.
Regarde, Grand-mère, je leur prépare
des tomates aux chrysanthèmes.
Tu veux bien m'aider ? »

Pour accompagner les tomates d'Hana, Grand-mère découpe
des carottes, des concombres et des radis en forme de fleur,
et des pommes en forme de lapin.
« Grand-mère, comme c'est joli ce que tu fais ! »
« On ne mange pas seulement avec la bouche mais
aussi avec les yeux, ne l'oublie jamais ! »

Papa et Maman sont là.
Hana s'incline cérémonieusement
pour recevoir ses invités.
« Bienvenue dans mon restaurant,
pour la fête de la tomate. »
« Je vous remercie
de votre chaleureuse invitation »,
répond Maman avec sérieux.

« Papa, tu te souviens de la plante qu'on avait achetée
devant le supermarché ? »
« Je m'en souviens. »
« Eh bien, c'est elle qui a donné ces tomates ! »
« Elles sont succulentes ! Tu as vraiment la main verte ! »
Grand-mère apporte de délicieux sushis qu'elle a préparés pour la fête.
« Chouette », dit Hana, « j'avais encore un petit creux ! »

Hana et ses parents vont reprendre la route. Ils rapportent à la maison un carton rempli de tomates.
Juste avant de partir, Hana va dire au revoir au potager. Elle se demande ce qu'elle pourrait bien faire pousser l'année prochaine.